# Herr GABI aus dem All

BoD™
BOOKS on DEMAND

Dieter Reinecker

# Herr GABI aus dem All

## Science fiction

*Bibliografische Information der Deutschen National-bibliothek:*
*Die Deutsche Nationalbibliothek verzeichnet diese Publikation in der Deutschen Nationalbibliografie; detaillierte bibliografische Daten sind im Internet über http://dnb.dnb.de abrufbar.*

*© 2017 Name des Autors/Rechteinhabers:*
**Dieter Reinecker**

*Herstellung und Verlag: BoD – Books on Demand, Norderstedt*

*ISBN: 978-3-7431-2725-8*

# Kapitel 1

»Wieso verstehen Sie unsere Sprache? Sie sprechen deutsch ohne Akzent. Wenn wir es nicht genau wüssten, könnten wir es nicht glauben, dass Sie nicht von dieser Welt sind…«

Dr. Weigell mit zwei L runzelte die Stirn und starrte durch die dicke Scheibe aus Sicherheitsglas geradezu in die hellen, fast zitronengelb schimmernden Augen seines Gegenübers. Der Mann aus dem Weltall, wenn es sich überhaupt um einen Mann handelte, hielt dem Blick stand und antwortete ohne jede Gefühlsregung. Aber er antwortete nicht kalt, sondern eher verständnisvoll. Er beugte sich ein wenig zum Standmikrofon, seine Hände weiterhin hinter sich versteckt haltend, und antwortete:

»Wörter, Sätze, Texte, ob geschrieben oder gesprochen, unterliegen erkennbaren Strukturen und spiegeln die gedankliche Welt der Gehirne wider, die sie produzieren. Diese Strukturen kann man komprimieren und als kompakte Dateien internalisieren. Der intellektuelle Transformationsprozess gleicht einem Lernprozess ohne Beschränkungen subjektiver Wahrnehmung und ohne Annexion individueller Affekte. Auch Gott hat dazugelernt«.

Weigell drehte seinen Kopf in die Richtung der Zuschauergruppe und fing den Blick von Dr. Zurhove auf. Dr. Zurhove war nicht nur Hirnforscher, sondern auch studierter Theologe und stritt sich sein Jahren mit den Evolutionsbiologen im Institut über die Existenz Gottes. Dr. Weigel wandte sich wieder an die außerirdische Person. Um seiner Frage ein stärkeres Gewicht zu verleihen, richtete er sich auf.

»Wollen Sie damit sagen, dass auch Sie Geschöpfe Gottes sind«?

»Ja«, war die klare und unmissverständliche Antwort hinter dem Glas. Ein Raunen ging durch die Zuschauergruppe. Dr. Weigel sah, dass Dr. Zurhove unauffällig wohlwollend nickte.

»Haben Sie bewusst die Erde angesteuert«? rief ein junger Wissenschaftler von der hintersten Reihe.

»Ja. Und ich freue mich, und das meine ich sehr ernst, dass Sie unser Raumschiff nicht angegriffen und zerstört haben. Das war unsere größte Sorge. Wir wissen um die immer noch vorhandene Aggressivität der Erdenmenschen. Wir mussten mit allem rechnen und haben uns daher Ihrer Technik, zu mindestens vom äußeren Erscheinungsbild, bedient«.

»Das kann man wohl sagen. Wir konnten uns nicht vorstellen, dass man uns einen Besuch aus dem All mit einem Propellerflugzeug abstattet. Das war schon sehr clever. Erst im letzten Moment erkannten wir, dass sich die Propeller gar nicht bewegten und das Flugzeug trotzdem keine Bruchlandung hinlegte, sondern geräuschlos wie auf einer Eisbahn landete. Außerdem ist unser Tower davon ausgegangen, dass Ihre Technik ausgefallen sein musste, da es überhaupt keinen Funkspruch gab und keine Anfrage-Erlaubnis zur Landung. Unsere Feuerwehrleute haben auch nicht schlecht gestaunt, dass nur eine Person an Bord war, nämlich Sie, in einem grauen Anzug mit einer grauen Fliege und einem breitkrempeligen, gelben Flanellhut aus den zwanziger Jahren des vorigen Jahrhunderts«.

Der Mann aus dem Weltall hätte eigentlich schmunzeln müssen, aber er tat es nicht. Er war nicht gefragt worden, also sagte er auch wohl nichts. Dr. Zurhove hob seinen rechten Arm wie ein Schuljunge, der den Lehrer animieren wollte, ihn »dran« zu nehmen. Dr. Weigell nickte und Dr. Zurhove ergriff das Wort:

»Wie möchten Sie, dass wir Sie ansprechen? Haben Sie in Ihrer Welt auch Einzelnamen? Ich habe nämlich, wie man sagen könnte, sehr persönliche Fragen, besonders zum Thema Gott«.

Das Gesicht von Dr. Zurhove errötete sich leicht und seine Nervosität war ihm anzumerken. Auch Dr. Weigells Gehirn schien an Fragen überzuschwappen. Eine merkwürdige Freude entlud sich wie ein speiender Vulkan. Seine Aufregung stieg ins Unermessliche.

»G, A, B und I« quoll langsam aus den Lautsprechern. Schmunzeln und ein sanftes Kichern überzog die Zuschauer.

»Erst G, dann A, dann B und dann das I für die Region. Das sind die Entstehungskoordinaten, die sowohl die genetische Herkunft, als auch die Zeitachsen kombinieren. Wir wissen natürlich, dass Erdenmenschen einige weibliche Exemplare so bezeichnen, aber auf unserem Planeten gibt es keine Geschlechter wie bei Ihnen. Erst als wir das Klonen, das Sie auch bereits entwickelt haben, bei uns durchführten, haben wir uns im wörtlichen Sinne vermehrt. Aber diese neuen Mitbewohner hatten und haben eine begrenzte Lebensdauer. Die Unsterblichkeit ließ sich bis jetzt noch nicht mitklonen. Wir haben das Programm beendet und forschen nur noch nach der Möglichkeit, die Unsterblichkeit bei den bereits existierenden Wesen zu entwickeln. Durch diese neuen Wesen waren zum Teil verheerende Verhältnisse entstanden, die der Ihren sehr nahe kommen. Ich bin als Klonwesen dem Tod sowieso ausgeliefert und habe mich daher für diese Expedition entschieden, in der Hoffnung, vielleicht hier etwas zu finden, das mich länger leben lässt. Denn wir wissen, dass die Erdenmenschen schon seit ihres evolutionären Sprungs vom Tierreich daran arbeiten, ihre Lebensdauer zu verlängern«.

»Wollen Sie damit sagen, dass Sie sterblich sind, weil man Sie geklont hat und Ihre Erbauer, oder wie man sie nennen sollte, unsterblich sind? Zurhoves Stimme begann zu zittern.

»Ja«.

Die Antwort war so klar und mit einer Selbstverständlichkeit ausgesprochen, die nicht nur keinen Widerspruch zuließ, sondern eine brutale Stille im Raum schuf. Das Gehörte war nicht begreifbar, es bereitete Schmerzen, waren doch alle Anwesenden grundsätzlich vom Tod bedroht, der Tod für alle unausweichlich. Die Ausführungen des Außerirdischen provozierten geradezu ein gesteigertes Bewusstsein der eigenen Endlichkeit. Viele Zuhörer verspürten eine aufkeimende Angst, wie sie sie bisher noch nicht empfunden hatten. Dr. Weigell, überzeugter Atheist. Fasste sich als erster wider und übernahm die Aufgabe des Interviewers und Moderators. Er holte tief Luft, sein Brustkorb wölbte sich, doch es kam nicht mehr heraus als: »Das ist unglaublich«. Dass Herr GABI nur auf Anforderung sprach und nicht einfach so losplapperte, blieb er stumm. Als Klonwesen war er so sozialisiert, absichtlich, denn es hatte sich als eine gewisse Art von Tugend herausgestellt, dass im Sprechen Sinn zu sein habe. Irgendwie warteten alle darauf, dass Herr GABI zu erzählen beginnen würde. Aber er blieb stumm. Pausen zum Denken waren Menschen in allen Zeiten zuwider und unangenehm. So konnte Dr. Zurhove nicht länger an sich halten und musste weiter fragen:

»Sie behaupten, Ihre Schöpfer oder Erbauer seien Geschöpfe eines Gottes und sie, also nicht Sie meine ich, sondern nun mal eben die besagten anderen auf Ihrem Planeten seien unsterblich?«

»Ja«.

Da war sie wieder, diese Stille. Dr. Zurhove gewann langsam seine Sicherheit zurück und fühlte irgendwie in dem Außerirdischen einen Mitstreiter im Kampf gegen seine atheistischen Mitwissenschaftler.

»Herr GABI, wenn man Sie so nennen darf«, er wollte eigentlich weitersprechen, wurde aber durch ein kräftiges »Ja« unterbrochen und wiederholte sich.

»Also, Herr GABI, vielen Dank. Also, was verstehen Sie unter Gott? Wenn ich Sie richtig verstanden habe, gibt es Ihrer Meinung nach einen Gott«?

»Ja«.

»Einen Gott, der alles erschaffen hat«?

»Nein. Mich hat er nicht erschaffen. Ich bin ein Klonwesen, darum sterblich. Sie sind Erdenwesen aus dem Tierreich, darum sterblich, aber vom Ursprung her eine Schöpfung Gottes. Aufgrund Ihrer Evolutionsgeschichte hat Gott auf unserem Planeten seinen Fehler korrigiert und alle Zeitlosen auf einmal geschaffen und zwar so viele, wie der Planet an Nahrung zur Verfügung stellt. Darum brauchten sie sich nicht zu vermehren und sich gegenseitig nichts wegzunehmen, geschweige sich gegenseitig umzubringen«. Weigell hatte den Eindruck, dass Herr GABI gesprächiger wurde. Der Eindruck war richtig, aber nicht die Ursache. Herr GABI lernte unentwegt hinzu und passte sich den Ansprüchen und Gewohnheiten der Erdenmenschen an. Mehr nicht. Aber es führte dazu, dass seine Ausführungen umfangreicher wurden. Dr. Weigell ergriff wieder das Wort, weil er wohl über eine Spitzfindigkeit von Herrn GABI ihn möglicherweise doch noch der Scharlatanerie überführen wollte:

»Wenn sie, also Ihre Erbauer, oder wie soll man sie nennen, wenn also Ihre Erbauer unsterblich sind, können sie sich ja auch gar nicht töten«.

»Ich fasse Ihre Vermutung als Frage auf. Wir haben es noch nicht versucht. Es hätte keinen Sinn ergeben. Wir sind nicht aus dem Tierreich. Darum verstehen wir euch auch nicht, wie man Tiere, die evolutionsbiologischen Vorfahren, töten und verspeisen kann. Man könnte uns nicht einmal dazu zwingen. Wir ernähren uns von dem, was Sie Früchte nennen. Aber diese Früchte entstehen nicht wie auf Ihrem Planeten der Erde aus Blüten, sondern direkt aus den Pflanzen, wie bei Ihnen die Feigen, die sowohl direkt als auch aus Blüten wachsen. Außerdem haben wir ein ideales Selbstheilungs- und Immunsystem, sodass selbst schwere Verletzungen durch Unglücke ohne Hinzufügung von Heilern sich wieder regenerieren. Gottes erster Versuch auf der Erde füllt bis heute die Krankenhäuser. Wir hatten lange Mühe, eure Begriffe wie Elend, Hunger, Not und Tod zu verstehen, bis wir selbst anfingen zu klonen und nun nicht weiter wissen«.

Der Mann aus dem All hatte bis jetzt vor dem Mikrofon gestanden. Das Sprechen schien ihn doch sehr anzustrengen. Weigell spürte diese Anstrengung. Herr GABI setzte sich auf den verchromten Stuhl ohne Armlehnen und legte seine Hände parallel auf seine Knie. Es waren auffällig kleine Hände, Kinderhände. Dr. Weigel spürte mit seinen Händen seine eigenen Knie. Vor der riesigen Glaswand begann im Zuschauerbereich ein leises Tuscheln, Grummeln und Flüstern. Plötzlich war ein mechanisches, metallisches Summen zu hören. Die zwanzig Herren drehten sich um, da sich die hintere Isolationstür langsam automatisch öffnete und der Vorsitzende des Wissenschaftsrates, Prof. Dr. Lohaus, in einem hellgrünen Kittel den Vorlesungssaal betrat. Als er sah, dass die ganze Aufmerksamkeit nun auf ihn gerichtet war, blieb er stehen. Im Raum wurde es gleichzeitig still.

»Verehrte Kollegen. Sie können mir glauben, dass ich Ihnen Herrn GABI erst vorgestellt habe, nachdem ich mich überzeugt hatte, dass wir es hier tatsächlich mit einem Wesen zu tun haben, das wir nicht zuordnen können«.

Seine Stimme begann, leicht zu flattern. Er blickte zur kleinen Bühne zu Herrn GABI hinter der Scheibe und während er den Kopf schüttelte, sprach er leise weiter: »Wir stehen hier nicht nur vor einem wissenschaftlichen Problem, hier steht die Menschheit vor dem größten Problem ihrer eigenen Geschichte und Sie hier und ich, wir allein sind verantwortlich. In unserer Gewalt … in unserer Macht .. wir müssen entscheiden … wir wissen noch nicht einmal, worüber wir entscheiden sollen. Liebe Kollegen, ich bin auf Sie angewiesen. Erstens auf Ihre absolute Verschwiegenheit, die Sie alle geschworen haben und von der ich nun auch ausgehen muss und auf Ihre uneingeschränkte Mithilfe. Ich weiß, da ich es selbst in der letzten Woche durchstehen musste, dass es mehr als schwer ist, nach Dienstschluss nach Hause zu gehen und der eigenen Frau, den Kindern oder besten Freunden nichts, aber auch gar nichts zu berichten. Wir können es uns nicht einmal erlauben, unserer Regierung dem Weltsicherheitsrat oder sonst irgendjemanden einzuweihen. Meine Fantasie, nein, die Fantasie von uns allen hier wird nicht ausreichen zu erfassen, wie die Welt auf diese Entdeckung reagieren würde. Ich persönlich befürchte das Schlimmste. Wir wissen noch nicht einmal, ob das, was der sogenannte

Herr GABI von sich gibt, nur eine Täuschung ist, um dann im nächsten Schritt die Menschheit auszumerzen oder zu versklaven. Wir haben es auf jeden Fall mit einer extrem hohen Intelligenz zu tun, die wir auf keinen Fall unterschätzen dürfen. Schon das allein ist für mich unvorstellbar«.

Prof. Dr. Lohaus zitterte am ganzen Körper. Seine rechte Hand vibrierte, als er sich über die hohe, von Schweiß glänzende Stirn und dann über die dünnen, weißen Haare fuhr. Dr. Weigell erhob sich.

»Herr Professor, Sie können sich hier auf jeden Einzelnen absolut verlassen. Seit dem Bau der Atombombe ist uns Wissenschaftlern die Verschwiegenheit und die Verantwortung unserer Forschungen ins Gehirn geritzt worden«.

»Verehrte Kollegen. Der Plan unseres Vorstandes war - das Mikro ist doch zur Bühne abgeschaltet? – Ihnen Herrn GABI erst einmal nur kurz vorzustellen, damit Sie ausreichend Zeit bekommen, sich mit diesem Phänomen, sagen wir mal. anzufreunden. Soweit das überhaupt möglich ist. Wir haben Herrn GABI nun bereits eine Woche in der Quarantänestation und unter Beobachtung. Heute Abend wird der erste Bericht verfasst, über alles, was wir gesehen und erkannt haben. Herr GABI hat sich bereit erklärt, sich auch körperlich untersuchen zu lassen. Unsere Mediziner, ein Internist, ein Anthropologe und ein Neurologe haben bereits einen Kernspin vorbereitet. Die Ergebnisse sollen in drei Tagen vorliegen. Unser Vorstand besteht aus drei Personen, dann die drei Mediziner, wie gesagt, und Sie sind neunzehn Wissenschaftler aus allen Wissenschaftsbereichen der Grundlagenforschung. Nur wir fünfundzwanzig Menschen wissen über die Existenz von Herrn GABI. Und das soll und muss auch so bleiben, bis wir uns anders entscheiden. Der Vorstand hat mich beauftragt, Ihnen jeglichen Alkoholgenuss zu verbieten.«

Ein leises Raunen ging durch alle Reihen.

»Wir dürfen keinen Fehler, absolut keinen Fehler machen. Die möglichen Folgen wären unabsehbar. Bitte gruppieren Sie sich in wissenschaftlich sinnvolle Abteilungen und arbeiten in diesen Gruppen alle Fragen und Themen aus, die uns hier weiterbringen«.

Das Licht hinter der Scheibe verschwand und mit ihm die Kontur der außerirdischen Person. Tief beeindruckt, regelrecht sprachlos schritten die Wissenschaftler zur Tür hinaus in den hellen, grell erleuchteten Flur ohne Fenster. Erst hier löste sich langsam die Anspannung und ein gespenstisches Stimmengewirr durchströmte den kargen Gang. Dr. Weigell ließ erst die anderen hinausgehen und wartete auf seinem Platz. Er hatte dieses merkwürdige Gefühl, als wenn das Ganze nur ein Film wäre. Er blickte zur Tür. Der Gang war normalerweise menschenleer. Er stand nun auf, ging auch hinaus und schloss sich der Gruppe an. Da kam von links Dr. Zurhove und ein jüngerer Mann, einen halben Kopf größer, schlaksig mit langen, glatten, schwarzen Haaren. Er nahm an seiner Seite den Schritt auf. Dann hörte Dr. Weigel den jungen Mann, der nun neben ihm ging, sagen:

»Mein Name ist Morrison, Mike Morrison. Ich bin Sozialforscher aus Philadelphia, USA, komme eigentlich aus der Physik und habe nachher aber Philosophie und Theologie studiert, Bachelor, habe meine Heimat dann in der Soziologie gefunden Menschen in Raumschiffen. Bitte seien Sie so freundlich und nehmen mich in Ihre Gruppe auf.«

Man konnte seinen amerikanischen Akzent erkennen, aber sein Deutsch war perfekt. Dr. Zurhove streckte vor Dr. Weigel seinen Arm in Richtung Morrison aus und sagte gleichzeitig:

»OK, Mister Morrison, Herr Dr. Weigell wird sicherlich nichts dagegen einzuwenden haben«.

»Weigell schüttelte den Kopf und reichte ihm auch die Hand.

»Wir sind auf dem Weg zur Kajüte, ist doch OK für Sie«? fragte Dr. Zurhove Herrn Morrison. Dr. Weigel schloss sich wie selbstverständlich den beiden an.

»Aus dem Land der Freunde des Orakels«, sprach Dr. Weigel vor sich hin, »auf dass Sie mir nicht zu viel orakeln«. Morrison schaut ihn verdutzt an.

»Phil und delphi ist griechisch, mein junger Freund. Das muss ein sehr gebildetes Land sein.«

»Das habe ich nicht gewusst. Da muss man erst über den großen Teich fahren, um seine Heimat zu verstehen.«

»Typisch Stefan, der hat zu allem einen Kommentar«. Das Wissenschaftszentrum befand sich zwar zwischen Hamburg und Wilhelmhaven, aber die Mitarbeiter kamen aus der ganzen Welt hierher, um fächerübergreifend zu forschen und sich auszutauschen. Die Architekten hatten sich daher etwas Besonderes einfallen lassen, eine Kantine, bestehend aus einer Vielzahl kleiner Sitzecken, zum Teil sogar mit einer eigenen Tür oder nur mit Wänden abgetrennten Räumen in dem jeweiligen Ambiente der Herkunftsländer. Es gab sogar eine bayrische Stube, eine japanische und brasilianische Ecke mit Deko-Palmen und eben auch diese besagte Kajüte im Stile eines Seemannskutters. An der Rückwand hing ein Flachbildschirmmit den Angaben der aktuellen Speisen und Getränken, die man per Touchscreen bedienen konnte. Ein einfacher runder Holztisch mit abgewetzter grauer Farbe wurde von Holzstühlen mit geflochtenen Sitzen umrahmt.

»Hier haben wir genug Platz, um uns kulinarisch auszubreiten«, schwärmte Dr. Zurhove. Mike Morrison wartete, bis die beiden älteren Kollegen ihre angestammten Plätze eingenommen hatten.

»Ich kann Ihnen durchaus unseren Labskaus empfehlen, wo wir doch hier an der Küste sind«, erklärte Dr. Weigell. Mike Morrison schaute ihn fragend an:

»Labs was? Ich muss leider gestehen, dass ich ein solches Gericht nicht kenne. Oder war das nur ein Spaß«?

»Franz-Helmut, das ist dein Part. Erklär doch mal unserem Greenhorn, was Labskaus ist«. Dr. Zurhove, also Franz-Helmut, stand auf und drehte sich beim Sprechen zum Bildschirm an der hellblauen Rückwand:

»Ich bestell am besten für uns der Labskaus und ein friesisches Pils dazu.« Und während er in Sekundenschnelle den passenden Button drückte und keinen Widerspruch duldete, erklärte er:

»Lohaus wird es verkraften. Also für die klassische Zubereitung wird gepökeltes Rindfleisch in etwas Wasser gekocht und mit eigelegten Rote Beete, Salzgurken, Zwiebeln und Matjes durch den Fleischwolf gedreht. Anschließend wird es in Schweineschmalz gedünstet und in der Kochbrühe gekocht. Zum Schluss werden Stampfkartoffeln untergerührt. Dann kommt der Labskaus mit Rollmops und Bismarckhering, Spiegelei und Gewürzgurke auf den Tisch. »Das klingt ja fast so außerirdisch wie …«

»Moment«, unterbrach Dr. Zurhove Herrn Morrison:

»Haben Sie unser Versprechen vergessen? Das geht hier gar nicht, nicht einmal andeutungsweise«! Der Tonfall war zu hart für die sich entspannende Situation. Dr. Zurhove hatte es wohl selbst gemerkt, aber Dr. Weigell kam ihm noch zuvor:

»Franz-Helmut, er hat ja noch gar nichts gesagt. Ich weiß, dass wir alle absolut angespannt sind und dass uns das ganze Thema völlig überfordert. Wir werden morgen im Sicherheitsbereich mal alles genau besprechen, was wir und wie wir außerhalb darüber reden können. Hier muss jetzt erst mal Schluss sein. Guck dir mal unseren Jungspund an. Du hast ihn derart schockiert, er ist ganz blass im Gesicht. Ach, die Getränke kommen.« Eine ältliche Bedienung mit weiset Schürze und dunkel gefärbter Haare in der Einheitsfrisur älterer Damen stellte vor jedem der Herren ein Glas Pils ab und fragte höflich:

»Auf welche Nummer darf ich das eingeben«?

»Bei mir«, überschlug sich sofort Dr. Zurhove.

»Das ist ja wohl Ehrensache«.

»Das Essen geht auf meine Nummer, die kennen Sie ja, Gertrud. Ihr seid natürlich meine Gäste. Herr Morrison, entschuldigen Sie noch einmal. Wie Sie unschwer erkennen können, ist das auch für uns keine alltägliche Situation. Wo hat man Sie eigentlich untergebracht«? Bevor Mike Morrison antworten konnte, hob Dr. Zurhove sein schlankes Pilsglas mit der weißen Schaumkrone und sagte:

»Zum Wohle, meine Herren, auf eine erfolgreiche Zusammenarbeit«! Sie hoben die Gläser, während sie sich hinstellten, wie ehemalig die Burschenschaften, wischten sich mit einem genüsslichen Aahh den Schaum von der Oberlippe und setzten sich wieder.

»Im Youth – Hostel am Deich bei Otterndorf«, ergriff Morrison das Wort.

»Oh, mein Gott, das sind ja noch über fünfzig Kilometer von hier, und ob dorthin mitten durchs platte Land heute Abend noch Busse fahren, wage ich zu bezweifeln«, argwöhnte Dr. Weigell.

»Das sieht wirklich schlecht aus«, warf Dr. Zurhove ein.

»Was halten Sie von dem Vorschlag, bei mir zuhause zu übernachten. Meine Frau würde sich garantiert freuen und meine Töchter … « Dr. Weigell stoppte mitten im Satz. Das Essen wurde serviert.

»Vielen Dank, wenn ich Ihnen nicht zur Last falle. Ich freue mich, Ihre Familie kennen zu lernen, vielen Dank.« Herr Morrison stand auf, beugte sich höflich vor und streckte Dr. Weigell seine rechte Hand entgegen.

»Nicht so förmlich. Wir sind zwar alle hier für dieses Projekt kurzfristig berufen worden, aber ich geh` davon aus, dass es für länger sein wird. Wir werden uns zusammenraufen müssen, so oder so, aber lieber so …« und er erhob sein Glas, hob es in Richtung Morrison und sagte weiter:

»Sie gefallen mir, junger Freund. Wenn wir schon dabei sind, Mike, ich bin Stephan.« Morrison nahm diese Einweihung gerne entgegen und auch Dr. Zurhove empfahl sich als Franz-Helmut. Morrison sah man an, dass er mit dieser persönlichen Anbahnung sehr zufrieden war, aber es ging ihm doch alles zu schnell oder auch zu glatt. Geschickt zog er aus der Innenseite seines Jacketts sein Mobil-Telefon und fingerte suchend nach der entsprechenden App.

»Ich habe Glück, ein letzter Shuffle fährt noch um null Uhr. Das kommt mir gut. Und außerdem, Ihre Frau wäre gar nicht auf Besuch eingestellt. Aber ich komme auf Ihr Angebot zurück, ganz sicher, versprochen«. Dr. Weigell akzeptierte diese Wendung mit einem Kopfnicken und spürte innerlich sogar eine sanfte Erleichterung. Seine Frau war zwar sehr aufgeschlossen, gerade auch Fremden gegenüber, aber es wäre doch in gewisser Hinsicht eine Art Überfall gewesen, so mitten in der Nacht.

## Kapitel 2

»Meine Herren, im Namen des Vorstandes begrüße ich Sie zur zweiten, sagen wir mal, Konfrontation, mit Herrn GABI. Zuvor will ich Ihnen aber den Stand der bisherigen Analysen darlegen. Bei unserem gemeinsamen Treffen vor drei Tagen haben Sie sich einen ersten Eindruck verschaffen können, der mehr Fragen als Antworten produzierte, um nicht zu sagen: provozierte. Unsere eingeweihten Neurobiologen, Biologen und Mediziner haben die letzten drei Tage und Nächte damit verbracht, Herrn GABI zu untersuchen. Nach allem, was sie feststellen konnten, handelt es sich um einen gewöhnlichen Menschen, einen Mann von einundvierzig Jahren, ohne auffällige Anomalien. Er ließ auch alles ohne Kommentar über sich ergehen, so als wenn er absolut nichts zu verbergen hätte, was ihn aber für uns noch interessanter machte. Auch im Kernspin haben wir keine Auffälligkeiten erkennen können. Der eigentliche Widerspruch liegt in seinen Aussagen, seinen Ausführungen, die uns besonders in den Bann gezogen haben. Er bestand auch immer darauf, nicht nur von einer kleinen Gruppe befragt zu werden, sondern von möglichst vielen und er verlangte regelrecht, dass all seine Aussagen aufgenommen, quasi beweiskräftig dokumentiert werden sollten.

Er scheint, uns etwas mitteilen zu wollen, ohne es uns direkt zu sagen. Der andere Untersuchungsbereich war das Flugobjekt. Und jetzt wird es besonders spannend. Es sieht wie eine Maschine aus den zwanziger Jahren aus, aber ohne Türen und Fenster, und die Propeller, die wir meinten zu erkennen, waren nur Lichtspiegelungen, also geschickte optische Täuschungen. Wir sind aus Sicherheitsgründen dem Flugkörper nicht näher als fünfzig Meter herangekommen. Ab da haben wir Strahlungen gemessen, die uns bisher davon abgehalten haben, es näher zu untersuchen. Zurzeit wird die Strahlung analysiert, die nach ersten Erkenntnissen auf Menschen absolut tödlich wirken müssen. Unsere Vorsicht war also berechtigt. Zudem liegen diese Strahlen in einem Magnetfeld, wie wir es nicht kennen. Ganz plötzlich ab dieser Grenze von fünfzig Metern beginnt etwas Unheimliches, was eigentlich nicht möglich ist. Wir haben es hier entweder mit einer absolut neuen Technik und Konstruktion zu tun oder wir werden an der Nase herumgeführt. Es hat aber allen Anschein, dass wir es hier mit einem außerirdischen Wesen zu tun haben, das uns technisch und an Intelligenz weit überlegen ist. Jeder IQ-Test sprengte im obersten Bereich alle Werte, als wenn ein Fieberthermometer am oberen Anschlag explodiert. Darum, meine Herren: Wir halten alle Vorsichtsmaßnahmen wie besprochen aufrecht. Gleich wird Herr Gabi, wie er sich nennt, wieder hinter der Sicherheitsscheibe erscheinen und uns über Mikro zur Verfügung stehen. Bitte stellen Sie ihre vorbereiteten Fragen und achten Sie auf alle Kleinigkeiten, die uns eventuell weiterhelfen könnten«. Prof. Dr. Lohaus blieb an der hinteren Wand stehen und hob seinen linken Arm in Richtung Tribüne:

»Führen Sie Herrn GABI herein«! Die Seitentür hinter der breiten Sicherheitsglasscheibe, die nahtlos vom Boden bis zur Decke reichte, öffnete sich und Herr GABI betrat mit bedächtigen Schritten die Bühne und nahm in der Mitte hinter dem Mikrofon Platz. Es war nun auf Sitzhöhe eingerichtet worden und vermittelte einen entspannteren Eindruck als beim ersten Zusammentreffen mit der Wissenschaftlergruppe. Die Reihen hatten sich mittlerweile gefüllt. Aus ihrer

Mitte stand ein Kollege auf und wandte sich an den Mann hinter der Scheibe.

»Können Sie mich verstehen«? fragte er Herrn GABI direkt.

»Ja, sehr gut«, antwortete er ruhig.

»Wir haben uns in unserer Gruppe ernsthaft gefragt, ob das hier nicht alles gefaked ist. Nach Rücksprache mit der Technik sind wir wieder sprachlos und irritiert. Ihr Flugzeug, Ihr Raumschiff, wenn ich das mal so sagen darf, ist von einem Magnetfeld umgeben, das wir in dieser Form und Art nicht kennen. Es erlaubt uns nicht, näher an das Objekt heranzutreten, oder besser gesagt, wir wissen nicht, was mit den Personen geschieht, die sich dieser magnetischen Strahlung aussetzen. Darum konnten wir Ihr Raumschiff auch noch nicht weiter untersuchen. Was sagen Sie dazu«? Herr GABI drehte seinen Oberkörper zurück und schien tief Luft zu holen, bevor er zu sprechen begann: »Da ich kein Raunfahrttechniker bin, kann ich Ihnen hier nicht alle Einzelheiten offenlegen. Aber Sie wundern sich ja heute auch nicht mehr, wenn Sie Ihr Mobiltelefon benutzen, dass Tausende von Kilometern entfernt Ihre Wort verstanden werden, in dem einen Gerät verschwinden und in einem anderen Gerät wieder herauskommen und sich nichts dazwischen befindet. Sie wissen um diese Wellen, aber Sie können sie nicht sehen. Diese Wellen kann man aber messen und wir haben sie von unsren eigenen Satelliten gemessen und festgestellt, Dass sie für die Erdenmenschen bedrohlich und gefährlich sind und trotzdem zusehend Verwendung finden. Die Körper unserer Zeitlosen, der Onos, sind sehr viel empfindlicher als menschliche Körper, weil sie göttliche Sphären sind, also in sich sind, auch wenn Sie das nicht begreifen. Solche Wellen bedrücken die göttlichen Sphären und schmerzen, während der Magnetismus nicht weh tut. So haben wir den Magnetismus unseren Bedürfnissen angepasst und ihn als Informations – oder besser als Transformationsmedium entwickelt. Ihr Zugvögel orientieren sich doch auch am Magnetismus. Wir nehmen im informativen Magnetfeld die uns wichtigen Informationen auf, so wie Sie Wellen als Stimmen wahrnehmen. Sie können bedenkenlos durch dieses Magnetfeld gehen. Es wird Ihnen nichts geschehen. Sie leben ja sowieso im Magnetfeld des Planeten Erde«.

»Trotzdem wissen wir noch nicht, ob wir Ihren Ausführungen vertrauen können. Gegebenenfalls wir erreichen das Raumschiff, wir haben keinen Eingang und keine Fenster gefunden«.

»Von innen können wir hinausschauen.«

»Und wie kommt man hinein, also auch heraus«?

»Die Molekularstruktur der Außenwand ist – um es verständlich zu machen – selbstheilend. Sie ist quasi hart und weich gleichzeitig als Aggregatzustand. Der harte und der weiche Zustand sind so dicht aneinander, dass man sie als einen einzigen wahrnimmt, aber die Materie reagiert in beide Richtungen, je nach Bedarf und Instruktion. Auf spezifischen Druck öffnet sich die Materie und schließt sich dann wieder automatisch. Das hat viele Vorteile, wie Sie sehen.«

»Herr GABI«, fragte ein grauhaariger, pummeliger Wissenschaftler aus der ersten Reihe, wobei er aber sitzen blieb.

»Herr GABI, unsere Gruppe ist theoretisch davon ausgegangen, dass Sie von einem anderen, sehr weit entfernten Planeten zu uns gekommen sind. Der Vorstand hat uns dahingehend informiert, dass Ihr Ankommen von der ersten Sichtung bis jetzt geheim gehalten worden ist und weiterhin unter der schärfsten Geheimhaltungsstufe steht, die es je gegeben hat. Man hat, ohne Aufsehen zu erregen, die besten Wissenschaftler aus Europa und den USA hierher geholt und uns absolutes Schweigen auferlegt. Das ganze Szenario, um nicht zu sagen apocalyptic scanario, deutet darauf hin, dass unsere Verantwortlichen davon ausgehen, das von Ihnen, beziehungsweise von Ihrem Planeten eine riesige Gefahr für die Menschheit ausgehen könnte. Merkwürdigerweise kommen Sie mir, also unserer Forschungsgruppe, eher harmlos vor. Vielleicht ist das alles auch nur eine geschickte Tarnung und es wäre einfach zu naiv, seinen Henker zu fragen, was er vorhat«.

»Verehrte Herren, verehrte Menschen«, antwortete Herr GABI in einem auffallend gelassen Ton.

»Wie kann man einen völlig fremden Planeten besuchen, ohne Angst und Schrecken zu verbreiten? Diese Frage haben wir uns anfangs gestellt, aber sehr zügig beantwortet. Viel schwieriger war die Frage: Was können wir unternehmen, dass die aggressive Menschheit uns nicht unbesehen angreift und zerstört? Wie können wir Ihnen beweisen, dass wir in friedlicher Absicht kommen? Unsere Antwort sehen Sie vor sich sitzen. Wir müssen Ihnen maximal ähnlich entgegentreten. Darum haben wir Kleidung gesucht, die Sie auch tragen, leider nur siebzig Erdenjahre verfrüht oder verspätet, je nach Sichtweise. Ihre Vertreter haben mir Ihre historischen Filme vorgespielt und ich muss Ihnen gestehen, es war amüsant«. Ein weiterer älterer Wissenschaftler in einem ausgebeulten grauen Anzug und einer bordeauxroten Fliege auf seinem weißen Hemd stand auf und fragte:

»Herr GABI, ich zähle zu den älteren Kollegen und erlaube mir die Frage nach den Unsterblichen, von denen Sie bei unserem ersten Treffen sprachen. Wenn sich wirklich herausstellen sollte, dass Sie von einem anderen Planeten kommen und uns nun die Behauptung aufstellen, das es auf Ihrem Heimatplaneten Unsterbliche gibt, dann möchte ich doch zu gerne erfahren, was Sie eigentlich damit meinen!« Er setzte sich wieder auf seinen Platz und wartete gespannt auf eine Antwort.

»Wie ich Ihnen anfangs bereits berichtet hatte, bin auch ich sterblich, weil ich ein Klonwesen bin, entwickelt durch die technischen Errungenschaften der Onos, unserer Unsterblichen. Der Unterschied von den Onos zu mir und den anderen Klonwesen ist die Wiederherstellungsenergie der Onos. Im materiellen Bereich konnte man bereits dieses Wunder der Natur, um es mal mit Ihren Worten auszudrücken, übertragen. Das haben Sie ja auch schon an unserem Raumschiff feststellen können. Diese Wiederherstellungskräfte konnten wir aber noch nicht bei uns, also den Klonwesen, aktivieren. Als wir aber vor langer Zeit die Signale von dem Planeten Erde empfingen, erkannten wir, dass es auch hier Wesen gab, die sterblich waren, obwohl sie in ihren Anfängen auch an die tausend Jahre – Erdenjahre, geworden sind«.

»Ich glaube, hier geht doch einiges durcheinander«, rief ein sehr jugendlich wirkender Mann aus der zweiten Reihe.

»Sie meinten doch die Unsterblichen, die anfangs tausend Jahre alt geworden sind, bevor sie unsterblich wurden«?

»Oh nein«, widersprach Herr GABI

»Es geht um Ihre eigenen Dokumente der Menschheitsentwicklung, die von unserem gemeinsamen Gott diktiert worden sind. Ich meine die Bibel«. Das Raunen war nicht zu überhören. Die überwiegende Mehrheit der hier zusammengerufenen Wissenschaftler war ungläubig, atheistisch, und viele waren aus ihren Religionen ausgetreten. Dass sich nun Dr. Zurhove zu Wort meldete, war zu erwarten.

»Sie kennen also unsere Bibel«? fragte Dr. Zurhove.

»Ja, die Menschheit hat ihr Wissenspaket in den Weltraum geschickt, unter anderem auch die Bibel. Dokumente der aktuellen Mode waren nicht dabei, aber die von Luther übersetzte Version der Bibel. Uns verwunderte, dass Sie das Primärdokument ihrer Existenz besitzen, aber nicht kennen. Entweder wissen Sie nicht, was Sie glauben, oder Sie glauben, was Sie nicht wissen. Das Gute des Menschen, was Gott am ähnlichsten ist, ist sein Geist, sein Logos und dem widerspricht die Menschheit am meisten. Das ist für uns unerklärlich und nicht nachvollziehbar«.

»Ich weiß nicht«, antwortete Dr. Zurhove, »was Sie jetzt eigentlich sagen wollen. Ich sage es frei heraus. Ich verstehe Sie nicht«. Herr GABI schwieg nur kurz und vermittelte den Eindruck, sich intensiv an etwas erinnern zu wollen. »Ich bin mir sicher, dass Sie es nachlesen werden, daher werde ich die Stelle zitieren, die uns zuhause sehr beschäftigt hat. In dem ersten Buch Mose, der Genesis, Kapitel fünf, steht wörtlich:

»Dies ist das Buch von Adams Geschlecht. Als Gott den Menschen schuf, machte er ihn nach dem Bilde Gottes und schuf sie als Mann und Weib und segnete sie und gab ihnen den Namen Mensch zurzeit, da sie geschaffen wurden. Und Adam war hundertdreißig Jahre alt und zeugte einen Sohn, ihm gleich und nach seinem Bilde, und nannte ihn Set; und lebte danach achthundert Jahre und zeugte Söhne und

Töchter, dass sein ganzes Alter ward neunhundertdreißig Jahre und starb«. So steht es jedenfalls in der Bibel«. Im Saal war eine allgemeine Erstarrung spürbar. Man schaute sich um und gegenseitig kopfschüttelnd an. Dr. Zurhove konnte in seiner Funktion als Theologe nicht an sich halten und ergriff das Wort: »Meine Herren, ich habe den Verdacht, dass es stimmen könnte, aber wir Theologen haben in unserer Exegese diese Zahlen stets als Symbole gedeutet. Trotzdem will ich mich hier nicht aus dem Fenster lehnen, sondern das nächste Mal die Bibel mitbringen, um diese Angaben und Zitate zu verifizieren. Ich konnte ja nicht ahnen, dass wir in diesem Zusammenhang die Bibel benötigen«. Quasi erschöpft und sichtlich verwirrt setzte er sich wieder.

»Mister GABI, so wie es aussieht, muss ich mich als Atheist doch wohl intensiver mit der Bibel auseinandersetzen. Da ich aber von der Evolutionstheorie ausgehe, könnte die Inanspruchnahme der Bibel hinfällig sein. Ich muss allerdings einräumen, dass es schon verwunderlich ist, dass diese uralte Schrift mit derart exakten Zahlen aufwartet. Dahinter könnte sich ein gewisser

Wahrheitsgehalt verbergen. Aber es ist interessant, wie stark Sie die Bibel in Ihre Wissenschaft berücksichtigen. Das muss mit Ihrem strikten Gottglauben zusammenhängen, der sich mir noch nicht voll erschlossen hat. Ich habe aber ein anderes Interessensgebiet, nämlich das Zusammenleben von Menschen in besonders engen Räumlichkeiten, wie eben in einer Raumstation. Ich bin Amerikaner und bei uns gibt es sehr viele Menschen, die an Ufos glauben und felsenfest überzeugt sind, dass es Außerirdische gibt. Natürlich können Sie diese Annahm nur unterstützen, das ist klar, aber wäre es nicht sinnvoller, in Amerika gelandet zu sein als hier in Deutschland? War das Absicht oder Zufall«? Mike Morrison hatte sich wieder gesetzt. »Wir haben alle in Frage kommenden Landeplätze analysiert. Da wir senkrecht landen können, ähnlich wie Ihr Raumschiff auf dem Mond aufsetzte, hatten wir überall die Möglichkeit, auf die Erde zu gelangen. Relevant für unsere Ankunft war auf der einen Seite der Friedensaspekt und der Wunsch einer Kontaktaufnahme. Deutschland hat nach unserem Verständnis von friedlicher Sicherheit und geringster

Aggressivität die besten Eigenschafte, während die USA neben China und Russland die gefährlichsten Landeplätze geboten hätten. Deutschland ist das einzige Land der Erde, das eine eigene ausgeprägte Friedensbewegung hat, aus den Erfahrungen der beiden Weltkriege gelernt hat und eine unblutige Wiedervereinigung realisiert hat. Daher hatte unsere Auswahl Deutschlang getroffen und wir hatten Recht gehabt«. Herr GABI wirkte sehr überzeugend und selbstsicher. Ein korpulenter Wissenschaftler, circa fünfzig Jahre alt und mit kurzen Vollbart, der von ersten silbernen Strähnen durchzogen war, stand auf und dröhnte mit schwerem Bariton und einem fremden Akzent: «Herr GABI, ich bin Grieche und arbeite seit über fünfundzwanzig Jahren an der Entwicklung demokratischer Strukturen. Wie ich Sie einschätze, kennen Sie auch die alte griechische Kultur. Wir haben nicht nur Philosophen hervorgebracht, die die Welt unterschiedlich erklärt haben, sondern auch die Demokratie erfunden, ein Wort, das übersetzt nichts andere bedeutet als die Herrschaft des Volkes, demos Staatsvolk und kratia Herrschaft. Welche Staatsform herrscht bei Ihnen vor, das wäre eine Frage für mich, Entschuldigung, mein Name ist Polydopholos«.

»Herr Polydopholos, auf unserem Planeten gibt es so etwas wie eine Staatsform nicht. Darum haben wir grundsätzliche Hürden überwinden müssen, um überhaupt ansatzweise zu begreifen, was die Menschen darunter verstehen. Der geistige Transformationsverkehr über Ihren Propheten hatte uns nur mit brutalen Unterdrückungsstrukturen bruchstückweise in Kenntnis gesetzt. Deshalb ist es für uns, also in diesem Fall vorab für mich wichtig und interessant, Antworten auf meine Fragen zu erhalten«. Nun meldete sich Prof. Dr. Lohaus aus der letzten Reihe zu Wort. Er erhob sich von seinem Platz und begann:

»Sehr geehrter Herr GABI, das ist nun eine völlig neue Herangehensweise an unser gemeinsames Vorhaben. Ich bitte Sie, meine Herren, die Fragen von Herrn GABI aufzunehmen und alles wie bisher zu speichern. Die Antworten werden wir dann in der nächsten Korrespondenz qualifiziert geben. Daher schlage ich folgendes Vorgehen vor: Herr GABI, Sie stellen Ihre Fragen. Danach führen wir unser allgemeines Gespräch noch circa fünfzehn Minuten weiter und beenden für heute die Konferenz. Wenn es Ihnen nichts ausmacht, werden wir in drei Tagen auf Ihre Fragen eingehen. Ist es Ihnen so recht«? Herr GABI nickte und sein Brustkorb wölbte sich. Er atmete drei Mal tief ein und aus und hob an: »Sehr geehrte menschliche Wissenschaftler. Nach unserem Wissen – Sie können mich jederzeit verbesser – leben rund sieben Milliarden Menschen auf diesem einen Planet Warum lassen Sie es zu, das ein Drittel Ihrer Mitmenschen Hunger leidet und vom Tod bedroht ist, Millionen Kinder von Menschen täglich sterben. Dafür fehlt uns jegliche Erklärung. Zweitens, Sie alle sind sterblich. Warum bringen Sie sich in solchen horrenden Massen gegenseitig um? Auch das ist ein Umstand, den wir nicht verstehen. Drittens: Sie haben sich als Menschheit in den letzten zweihudert Erdenjahren technisch sehr schnell und weit entwickelt, besonders im Verhältnis zu den zweitausend Jahren zuvor. Warum kommen diese Errungenschaften nicht allen Menschen gleichermaßen zugute? Dieser Umstand ist für uns besonders verwirrend. Das Sie als Menschheit globale Gesetze formuliert haben, die von Gleichheit sprechen, in denen es sinngemäß heißt, dass kein Mensch wegen irgendwelcher unwesentlichen Unterschiede wie Hautfarbe, Religion Herkunft oder Geschlecht benachteiligt werden darf. Zudem stehen Ihre jüngeren Gesetze im Widerspruch zu vielen Anforderungen aus Ihrem Grundlagenwerk, der Bibel, aus der sich, und das ist wieder für uns nicht nachvollziehbar, verschiedene Religionen entwickelt haben, die sich nicht nur gegenseitig bekämpfen, sondern deren Vertreter sich sogar gegenseitig töten, was im biblischen Recht und in den jüngeren Gesetzen gleichermaßen verboten ist?« Herr GABI lehnte sich zurück und wartete. Er musste lange warten. Die Herren Wissenschaftler waren konsterniert. Sie hatten mit technischen Fragen gerechnet. Die geistige Verwirrtheit und Betroffenheit waren in allen Augen sichtbar. Alle spürten, wie es in ihren Körpern anfing, unangenehm warm zu werden. Schweißgeruch bildete sich aus. Es dauerte ewige Minuten, bis Herr Morrison sich erhob:

»Herr GABI, ich wage einmal zu behaupten, dass ich in diesem Raum mit Abstand der jüngste bin. Und ich pflichte Ihnen bei, dass ich mir diese Gedanken auch schon gemacht habe. Nur habe ich es bisher nicht gewagt, sie in dieser Klarheit zu formulieren. Dafür danke ich Ihnen. Aber etwas ist mir unklar geblieben: Sie sprachen von einem Propheten Was haben Sie damit gemeint? Können Sie mir und natürlich uns das einmal erklären«? In diesem Moment sprang Prof. Dr. Lohaus von seinem Sitz auf und rief:

»Entschuldigen Sie, junger Kollege, dass ich Sie hier unterbreche. Herr Morrison, bitte behalten Sie Ihre Frage im Kopf und erinnern uns das nächste Mal an Ihr Anliegen«. Er streckte seine rechte Hand zur Decke und rief: »Bitte die Mikrofone ausschalten und Herrn GABI aus dem Verhandlungsraum führen«! Ein kleines unscheinbares LSD-Lichtchen schaltete von Grün auf Rot und Herr GABI wurde von einem Angestellten in einem weißen Kittel zum Seitenausgang geführt.

# Kapitel 3

»Meine Herren« begann Prof. Dr. Lohaus seine geplante Rede:

»Bevor wir dem Herrn aus dem All unsere Probleme ausbreiten, sollten wir uns genauestens darüber klar werden, ob wir erstens der richtige Ansprechpartner in politischen Fragen sind und ob ein Fremder überhaupt tiefe Einblicke in unsere Gesellschaft nehmen darf oder sollte. Dann habe ich noch ein weiteres Anliegen: Die Geheimhaltung – wo wir gerade bei dem Thema sind. Die Ehefrau eines unserer Kollegen hat sich an unser Sekretariat gewandt, ob wir neuerdings junge Damen in unserer Riege hätten. Ihr Mann habe nämlich im Traum immer wieder von einer gewissen Gabi geplappert. Wir haben die Dame natürlich beruhigen können und sind zu dem Entschluss gekommen, unseren außerplanmäßigen Wissenschaftsgegenstand umzubenennen und zwar nach einer der letzten Sternschnuppen, also nicht mehr GABI, sondern Pekat 215. Sollte also jemand sich außerhalb unseres Laboratoriums versehentlich zu diesem Thema äußern, wird ab sofort nur noch von Pekat 215 gesprochen, aber am besten gar nicht. Ich hoffe, ich habe mich klar genug ausgedrückt. Zwei Tage waren nach dem üblichen Raster verstrichen. Die Wissenschaftler hatten sich in den verschiedenen Abteilungen ihren spezifischen Aufgaben wieder gewidmet, aber in jeder Pause über neue Erkenntnisse aus dem All diskutiert. Am dritten Tag traf man sich wieder. Der Konferenzsaal füllte sich und ein Stimmengewirr schien die Luft zu blockieren. Die Klima-Anlage sprang knackend an und ein allgemeines Aufatmen war zu hören. »Verehrte Kollegen, bitte nehmen Sie Platz und begrüßen Sie Herrn GABI, alias Pekat 215«, schallte wieder von hinten die Stimme von Dr. Lohaus. Hinter der Glasscheibe erschien Herr Gabi und setzte sich wieder mitten auf die Bühne auf dem einsamen Stuhl. Es fehlte nur noch das Mikrofon. Plötzlich sprang Her GABI von seinem Stuhl, machte einen gewaltigen Satz in Richtung Zuschauer und schlug mit beiden Händen dreimal gegen die Sicherheitsscheibe, die trotz ihrer Dicke zu wackeln begann. Die Herren Schreckten auf, rissen sich von Ihren Plätzen und einige schrien sogar. Herr GABI setzte sich wieder auf seinen Stuhl und schmunzelte. Zwei Pfleger hatten die Bühne betreten und positionierten sich links und rechts neben Herrn GABI. Dieser schien ein sichtliches Vergnügen zu haben und sagte in ruhigem Ton: »Sie haben ja alle noch Angst vor mir, das wollte ich nur herausfinden. Sie können sich beruhigen. Ich bin viel harmloser, als Sie sich das vorstellen können. Aus Angst kann man viele Fehler machen, versuchen Sie, Ihre Angst zu überwinden, damit wir uns mit Klarsicht verständigen können«. Die Herrn Wissenschaftler setzten sich wieder, nur DR. Lohaus blieb stehen. Er zitterte noch am ganzen Körper und sein Kopf schimmerte wie ein roter Ballon von der Kirmes. Seine Stimme vibrierte:

»Machen Sie so etwas nie wieder, sonst lassen wir Sie nur noch in Ketten auf die Bühne. Das garantiere ich Ihnen, so wahr ich stehe und die Verantwortung trage. Herr Morrison, ich erteile Ihnen nun das Wort.« Mike Morrison erhob sich:

»Herr GABI, Sie haben uns in einen ganz schönen Schrecken versetzt. Und einen gewissen Humor kann man Ihnen nicht abstreiten. Dass Sie humorvoll sein können, habe ich mir nicht vorstellen können. Ich hoffe, es war auch nur so gemeint. Aber nun zur Sache: Die sozialen Unterschiede in der Gesellschaft weltweit sind uns sehr wohl bewusst. Es gibt durchaus globale Unternehmungen, den Welthunger in den Griff zu bekommen und es soll auch schon Fortschritte geben. Wir leben eben nicht im Kommunismus, falls Sie den Begriff kennen«. Herr GABI nickte. »Der hat sich ja auch nachweislich überholt. Unsere Gesellschaft ist eine pluralistische Gesellschaft. In der auf demokratischem Wege um Problemlösungen gerungen wird«. Dass Morrison mit dieser Aussage eher einem Wunsch als der Wirklichkeit nachhing, musste er sich unausgesprochen zugestehen.

»Darüber möchte ich mich mit Ihnen gar nicht streiten. Aber die abendländische, westliche Kultur basiert auf dem Christentum und damit auf der Bibel. Nun gibt es zwar gerade unter uns Wissenschaftlern sehr viele Atheisten, aber trotzdem interessiert mich ihre Anspielung auf unseren Jesus, den Sie als einen Propheten ausgewiesen haben, oder so ähnlich. Was hatten Sie damit ausdrücken wollen? Ich hatte es nicht verstanden«.

»Ah«, sagte Herr GABI und sprach:

»Sie erinnern sich, dass ich von dem geistigen Informationstransfer über Ihren Propheten gesprochen habe. Ich verstehe und ich kann Sie gut verstehen, dass Sie das irritieren muss. Ich möchte vorausschicken, dass wir weit davon entfernt sind, blasphemisch sein zu wollen, aber Ihr Sohn Gottes, genannt Jesus, war ein dramatischer Versuch, den unsterblichen Menschen zu schaffen, den unser gemeinsamer Gott dann auf unserem Planeten, um in Ihrer Sprache zu reden, zur Welt gebracht hat, nämlich unsere Onos. Sie sind die eigentlichen Gotteskinder und bestehen aus einer Seele und vielen Körpern. Diesen Anspruch hatte schon Ihr Philosoph Aristoteles so formulier: Freundschaft ist, wenn eine Seele in zwei Körpern wohnt. Vielleicht können Sie es sich jetzt besser vorstellen, wenn Sie einmal annähmen, Gott hätte auf die Erde nicht nur einen Sohn, sondern mehrere gleichzeitig auf die Erde geschickt. Zudem war Jesus ja der Erstgeborene, nur die anderen waren nicht unsterblich, warum auch immer. Glauben Sie, dass sich diese Unsterblichen bekämpft ober sich gar umgebracht hätten. Hätte sie sich vermehre müssen, hätten sie Krankenhäuser gebraucht, hätten sie Autos oder das Internet erfunden? Wozu auch«. Wenn jetzt ein Tumult ausgebrochen wäre, hätte sich kein außen stehender Beobachter gewundert, aber es wurde absolut still. Auf eine solche Idee war in den letzten zweitausend Jahren niemand gekommen. Herr GABI lehnte sich entspannt zurück. Er schien mit dieser Reaktion gerechnet zu haben. Er stand auf, beugte kurz seinen Kopf und verließ die Bühne. Dr. Weigell blickte zu Dr. Zurhove. Dieser Blick bedeutete Mittagessen in der Kajüte. Morrison hatte sich Ihnen auf dem Weg dahin angeschlossen. Nachdem sie ihre Plätze eingenommen hatten, sagte Dr. Zurhove an Morrison gewandt:

»Na, hast du dich wieder ein wenig beruhigt? War ja auch eine Menge an Informationen, ungewöhnliche Informationen für Naturwissenschaftler. Sei`s drum. Push mal den Button für eine große Flasche Wasser, eisgekühlt und ohne Kohlensäure.« Franz-Helmut drehte sich zur Rückwand du bediente fast im Sitzen die schwarze Touch-Screen-Tafel mit den bunten Symbolen. Noch ehe Dr. Weigel sich setzen konnte, stand schon Gerda hinter ihm am Tisch.

»Es gibt keine Engel, aber wenn es welche gäbe, wäre Gertrud einer«! rief Dr. Weigell in die noch leere Kantine. Gertrud schmunzelte und stellte die große Wasserflasche in die Tischmitte und gruppierte drei Gläser dazu. Dann sprach Dr. Zurhove wider zu seinen Kollegen:

»Ich habe mich nur aufgeregt, dass der Lohaus die Sitzung immer abbricht, wenn es gerade spannend zu werden scheint«. »Ich war froh, dass der Spuk zu Ende war, ehrlich, Franz-Helmut. Aber ihr Anti-Atheisten vom Dienst könnt von dem Schwachsinn ja nicht genug kriegen«.

»Mike, bleib` mal ganz ruhig, Stephan meint das nicht so, er musste nur Dampf ablassen«, beschwichtigte Dr. Zurhove die Situation.

»Das kannst du wohl laut sagen«, entgegnete Dr. Weigell.

»Obwohl ich mir nicht vorstellen kann, dass von höchster Stelle unter einer Leitung von Professor Lohaus solch ein Theater fabriziert wird, halte ich das Ganze doch für einen kosmischen Schwachsinn.« Morrison versuchte, die sich anheizende Atmosphäre zu dämpfen:

»Sind wir nicht eigentlich gehalten, außerhalb darüber nicht zu reden«?

»Das ist mir völlig egal«, entgegnete Weigell.

»Ich bin Wissenschaftler und Denker und höre nicht auf zu denken, nur weil hier scheinbar höhere Instanzen ins Feld geführt werden. Was dabei herausgekommen ist, haben die Kreuzzüge im Mittelalter bewiesen oder die Hexenverbrennungen, ganz zu schweigen von der jahrhundertelangen Inquisition. Ich sage nur: Sie dreht sich doch«!

»Du hast sicherlich recht«, meinte Dr. Zurhove, »aber bedenke, es ist doch wohl ein sehr merkwürdige Flugzeug bei uns gelandet, das von unseren Spezialisten akribisch untersucht worden ist. Und technisch sind wir auch schon so weit und experimentieren an Materialien, die sich in die ursprüngliche Form zurücktransformieren lassen. Die Auto-Industrie scharrt schon mit den Hufen«.

»Ich will mich nicht aufdrängen«, warf Morrison ein, »aber nach den neuesten Berechnungen können zehn Prozent der einhundert Milliarden Galaxien allen im beobachtbaren Kosmos höheres Leben beherbergen. Der Rest des Universums ist aufgrund von Gammastrahlenexplosionen vermutlich unbewohnbar. Wir alle wissen, dass diese Explosionen durch kollabierende Sterne  entstehen und elektromagnetische Strahlung  freisetzen,  die  die  UV-Schutzhüllen, wie es sie bei der Erde gibt, zerstören«.

»Genau«, ergänzte Dr. Zurhove,

»und denke doch mal an die Aussagen der Flugtechniker, die so ein Magnetfeld gemessen  haben und nicht wagten, das Flugobjekt zu untersuchen. Da sind diese Leute uns schon ein paar Schritte voraus, wie mir scheint.« Morrison meinte darauf eingehend:

»Forscher der Universität Cambridge glauben, bisher unentdeckte Planeten gefunden zu haben, die ihre Bahnen weit jenseits des Pluto ziehen. Ihrer Meinung nach verbergen sich die Planeten in der Oort-schen Wolke, einem Ring aus Asteroiden und Staub am äußersten Rand unseres unseren Sonnensystems«. Dr. Zurhove geriet gleichsam ins Schwärmen:

»Auch die spanischen Astronomen vermuten eine oder sogar zwei sogenannte Supererden in diesen weit entfernten Tiefen des Sonnensystems. Grund für diese Annahme ist die Beobachtung, dass viele kleine Objekte, die dort draußen unterwegs sind, Auffälligkeiten in ihrer Umlaufbahn zeigen.« und Morrison erklärte weiter:

»Dieser Überschuss an Objekten mit unerwarteten Orbitalparametern lässt uns glauben, dass unsichtbare Kräfte die Verteilung der transneptunischen Objekte verändern«. Worauf Dr. Zurhove das Erstaunen von Dr. Weigell noch steigerte:

»Die wahrscheinlichste Erklärung dafür ist, dass es noch unbekannte Planeten jenseits von Neptun und Pluto geben könnte«. Er ließ eine kleine Denkpause, sprach dann aber weiter, als kein Widerspruch erfolgte:

»Die kalten dunklen Supererden sollen bis zu zehn Mal so groß sein wie unsere Erde aber kleiner als die Gasriesen Jupiter und

Saturn«. Nun griff Morrison wieder in das Gespräch ein: »Sollte sich das bestätigen, wären diese Ergebnisse wirklich revolutionär für die Astronomie, und dann wäre die Meinung unseres Gastes die Sensation an sich und die Menschheit müsste sich etwas einfallen lassen«.

»Jetzt mach aber mal halblang«, entgegnete im ruhigen Ton Dr. Weigell.

»Erstens habe ich bei euren Ausführungen mehrmals das Wort Glauben gehört und zweitens solltet ihr wissen, dass ich mit meiner Mannschaft die Wege, Strecken, Geschwindigkeiten und Zeiträume von Raumschiffen in Relation zu den Bewegungen der Planeten und ihrer potenzierenden Schwerkraft inklusiver möglicher Zeit-Raumkrümmungen berechne. Alle Ergebnisse schließen einen nur ansatzweise denkbaren Kontakt zu fremden Intelligenzen aus. Darum steht für mich außer Frage, dass wir hier gewaltig an der Nase herumgeführt werden und nur die Aufgabe haben, dieser Narretei auf die Schliche zu kommen«. Dr. Zurhove schüttelte ungläubig den Kopf und Morrison saß mit geöffnetem Mund und starrte mal Dr. Weigell und dann wieder Dr.

Zurhove an. Dieser rang um eine Widerrede:

»Ich glaube oder besser gesagt, ich gehe davon aus, wenn dir das besser gefällt dass du dir das zu einfach machst, dass du Professor Lohaus ein solches Szenarium nicht zutraust. So kommen wir aber auch keinen Schritt weiter«. Als Morrison nickte, fügte Dr. Zurhove hinzu:

»Stephan, wir kennen uns schon seit unserem Studium und ich liege mit Sicherheit nicht falsch, wenn ich behaupte, dass wir beste Freunde sind. Nur wirkliche Freunde können und müssen sich die Wahrheit sagen. Ich weiß, dass du durch deine religiös geprägte Kindheit geschädigt bist, aber es gibt auch Wahrheiten jenseits des Verstandes«.

»Auch ich weiß, dass du mein bester Freund bist und ich möchte mich ja auch gar nicht mit dir streiten. Aber ich sage meine Meinung und für mich zählen Argumente. Glaubenssätze sind für mich nichts anderes als zu hinterfragende Behauptungen, Hypothesen, mehr nicht. Aber das weißt du ja zu Genüge«.

»Du hast Recht. Und, wir dürfen unseren jungen Freund nicht im Regen stehen lassen. Das wird alles noch sehr spannend werden«.

»Mike, trink dein Wasser aus, wir sollten uns auf den Weg machen. Hol` deinen großen Koffer. Du hast doch Lust, am Wochenende bei uns zu wohnen? Oder? Zumal unsere Töchter auch da sind«. Mike Morrison errötete. Er konnte es nicht verhindern und auch nicht verheimlichen, dass er sehr gespannt war, die jungen Damen kennen zu lernen. Während Morrison schon zum Ausgang schritt, wandte sich Dr. Zurhove an Dr. Weigell:

»Stephan verzeih` mir, aber ich habe noch arge Zweifel an deinem Zweifel. Ich treffe mich am Wochenende noch mit anderen Kollegen aus der Theologie. Mal hören, was die dazu sagen«.

»Aber bitte nichts über Pekat 215. Da darf nichts an die Öffentlichkeit. Das könnte nicht nur eine Panik auslösen, sondern die Welt ins Chaos stürzen. Dafür sind die Massen zu dumm. Wir wissen seit Freud, was Massenhysterie bedeuten kann. Weck` keine Geister, die es nicht gibt!« Dr. Zurhove verzog sein Gesicht, schmunzelte dann aber. Sie verabschiedeten sich und Dr. Weigel ging zum Parkplatz, wo sein alter Ford Mondeo Kombi den ganzen Tag in der glühenden Sonne gestanden hatte. Die Sonne stand kurz vor dem Untergang so schräg, dass sie sich in den Seitenscheiben spiegelte und Dr. Weigel nicht in den Wagen schauen konnte. Er öffnete die Beifahrertür, sperrte sie weit auf und ging dann um den Wagen herum, um seine Fahrertür zu öffnen. Jetzt fiel im auf, dass er vergessen hatte, den Wagen abzuschließen. Er setzte sich, zündete den Motor und stellte die Klima-Anlage auf kalt. Aus Gewohnheit blickte er in den Rückspiegel, sah in ein Gesicht und schrie, als wenn man ihm ein Messer in den Rücken gestochen hätte.

»Ich wollte Sie wirklich nicht erschrecken. Bitte fahren Sie los. Hoffentlich hat uns niemand gehört«!

»Herr GABI, wie kommen Sie hierher? Mike, Herr Morrison, kommt noch. Ah ich sehe ihn schon. Dr. Weigel stieg aus.

»Machen Sie keinen Unsinn, Herr …«! rief Herr GABI. Dr. Weigell rannte Herrn Morrison entgegen und informierte ihn über seinen blinden Passagier. Sie gingen gemeinsam zum Auto und Morrison verstaute den Koffer auf der hinteren Ladefläche des Kombis und setzte sich auf den Beifahrersitz. Langsam rollte der Wagen aus dem Parkbereich auf die Landstraße. In Dr. Weigell kroch langsam die Angst den Rücken hoch. Er wagte nicht einmal mehr, in den Rückspiegel zu blicken. Auch Morrison saß steif wie in Kommunionskind im durchgesessenen Beifahrersitz.

»Bitte haben Sie keine Angst, ich tue Ihnen nichts, wie auch, ich bin sterblich wie Sie und habe keine übernatürlichen Kräfte und Sie sind zu zweit. Irgendjemand hat eine der Türen aus dem Sicherheitsbereich versehentlich nicht abgeschlossen, so konnte ich die Quarantäne unbesehen verlassen«.

»Was wollen Sie nun machen, Herr GABI«, fragte Morrison, ohne sich umzudrehen.

»Bitte denunzieren Sie mich nicht. Am besten Sie sagen keinem Menschen, dass wir uns begegnet sind, das könnte böse Folgen für Sie haben, die ich jetzt noch nicht abschätzen kann. Ich weiß noch nicht, wie ich es anstellen soll, aber ich suche, wie Sie wissen, die menschlichen Errungenschaften, um länger leben zu können. Alles, was ich sonst brauche, befindet sich in meinem Raumschiff. Was die Erde braucht, ist eine außerirdische, galaktische Beratung, wie man zu weltumspannenden Frieden kommt und den Welthunger verhindert. So jedenfalls darf die Welt der Erdenmenschen nicht weitermachen. Ich werde Mittel und Wege finden, die Sie heute noch nicht kennen. Ich bitte Sie, Herr Weigel, geben Sie mir bitte möglichst Ihr Bargeld und von Herr Morrison – ich bewundere übrigens Ihre Fragen – leihe ich mir den Koffer aus. Später werde ich einen Weg finden, Ihnen Ihr Geld und Ihre Sachen zurückzugeben«. Dr. Weigel fuhr unter Hochspannung bis zur nächsten Stadt. Am Eingangsschild sagte Herr GABI in gelassenem Ton, aber sehr bestimmt:

»Hier steige ich aus«! Der Wagen hielt am Straßenrand. Herr Weigell und Herr Gabi stiegen aus. Dr. Weigel holte sein Bargeld auch der Hosentasche, wo sich sein Portemonnaie befand und Herr Gabi zog den Koffer aus dem Auto.

»Sie erhalten alles zurück. Und jetzt fahren Sie und sprechen kein Wort über diesen Zwischenfall«. Er machte eine Handbewegung, als wenn er Hühner vom Hof scheuchen würde. Morrison war gar nicht erst ausgestiegen. Dr. Weigel setzt sich wieder hinter das Lenkrad und fuhr los. Sie fuhren schweigend und immer noch extrem angespannt, bis sie rechts eine Polizeidienststelle sahen. Weigell hielt an und ging in die Wache. Morrison hörte plötzlich Schreie:

»Ich bin nicht verrückt, lassen Sie mich los, ich führe Sie zu dem Außerirdischen«. Da kam auch schon ein kastenförmiger, weiß-roter Krankenwagen. Zwei Männer in weißen Kitteln stiegen aus und zwängten Herrn Dr. Weigel in eine weiße Jacke mit Bändern und Knöpfen auf dem Rücken. Dann verschwanden alle drei in dem Kastenwagen. Die Polizisten wandten sich an den Beifahrer:

»Sind Sie auch verrückt«?

»Nein«, rief Morrison entsetzt, zwängte sich über den Steuerknüppel auf den Fahrersitz und für los.

»Lass ihn fahren, ein Protokoll reicht mir für heute«, sagte wohl der Vorgesetzte der beiden und ging zurück in die Wachstube.

**ENDE**

.